JN122395

恵以子抄

安藤元雄

書肆山田

目次――惠以子抄

惠以子抄

恵以子抄

恵以子抄

息をしなくなったおまえの体を
柩(ひつぎ)もろとも　焼くほかはなかった
鈍く光る鉄板の上　灰にまみれて横たわる
僅かばかりのおまえの骨を私は見た
見るには見たのだが
（そして拾い上げさえしたのだが）
あれはおまえの本当の姿ではない
居間に置いた黒い額縁の中から

●書肆山田版詩集

相澤啓三蛹が見る夢二八〇〇円
相沢正一郎パウル・クレーの〈忘れっぽい天使〉をだいどころの壁にかけた二七〇〇円
青山雨子匙二五〇〇円
秋山公哉贈るもの二五〇〇円
朝倉勇朝二五〇〇円
浅山泰美ミセスエリザベスグリーンの庭に二五〇〇円
阿部宏慈納沼、その他の詩二七〇〇円
阿部日奈子素晴らしい低空飛行二五〇〇円
天沢退二郎南天お鶴の狩暮らし二八〇〇円
安藤元雄樹下二四〇〇円
池澤夏樹「メランコリア」とその他の詩二四〇〇円
生駒正朗春と豚二五〇〇円
石井辰彦ローマで犬だった三〇〇〇円
糸井茂莉ノート／夜、波のように二五〇〇円
伊藤勲虚明二七〇〇円
稲川方人君の時代の貴重な作家が死んだ朝に君が書いた幼い詩の復習二七〇〇円
いのうえあき紡錘形の虫二六〇〇円
入沢康夫キラキラヒカル自選ライトヴァース集二五〇〇円
岩成達也風の痕跡二四〇〇円
宇佐美孝二森が棲む男二五〇〇円
江代充梢にて二五〇〇円
大高久志雨に闘り二五〇〇円
岡田哲也茜ときどき自転車二五〇〇円
奥間埜乃さよなら、ほう、アウルわたしの水二二〇〇円
長田典子おりこうさんのキャシィ二二〇〇円
粕谷栄市鄙唄二八〇〇円
金石稔星に聴く二五〇〇円
唐作桂子川音にまぎれて二四〇〇円
川口晴美やわらかい檻二四〇〇円
菊地隆三いろはにほへと二八〇〇円
木村迪夫村への道二五〇〇円
李村敏夫膝で歩く二六〇〇円
倉田比羽子種まく人の譬えのある風景二五〇〇円
黒岩隆あかときまで二二〇〇円
小池昌代地上を渡る声二五〇〇円
高啓二十歳できみに出会ったら二五〇〇円
小林弘明F・ヨーゼフ二六〇〇円
佐々木幹郎砂から二八〇〇円
さとう三千魚貨幣について二四〇〇円
塩嵜緑庭園考二五〇〇円
清水哲男換気扇の下の小さな椅子で二二〇〇円

白石かずこ　浮遊する母、都市　二六〇〇円

神泉薫　あおい、母　二六〇〇円

鈴村和成　黒い破線、廃市の愛　二六〇〇円

鈴木東海子　桜まいり　二四〇〇円

鈴木志郎康　とがりんぼう、ウフフっちゃ。　三〇〇〇円

関口涼子　グラナダ詩編　二四〇〇円

高貝弘也　露光　二五〇〇円

高橋順子　海へ　二四〇〇円

高橋睦郎　何処へ　二八〇〇円

高柳誠　フランチェスカのスカート　二六〇〇円

財部鳥子　氷菓とカンタータ　二六〇〇円

瀧克則　道隠し　二五〇〇円

建畠晢　零度の犬　二六〇〇円

谷川俊太郎・正津勉　対詩　一七五〇円

辻征夫　かぜのひきかた　一六〇〇円

辻征夫　絵本摩天楼物語　二八〇〇円

時里二郎　石目　二八〇〇円

中江俊夫　かげろうの屋形　二八〇〇円

中上哲夫　エルヴィスが死んだ日の夜　二〇〇〇円

中村鐵太郎　ボンパドゥール　三〇〇〇円

新延拳　背後の時計　二五〇〇円

西元直子　くりかえしあらわれる火　二二〇〇円

野村喜和夫　薄明のサウダージ　二八〇〇円

ぱくきょんみ　何処何様如何草紙　二五〇〇円

服部誕　息の重さあるいはコトバ五態　二五〇〇円

林浩平　心のどこにもうたが消えたときの哀歌　二四〇〇円

林美脉子　タエ・恩寵の道行　二五〇〇円

平田俊子　宝物　二八〇〇円

藤井貞和　神の子犬　二八〇〇円

藤原安紀子　アナザミミクリ　二六〇〇円

細田傳造　みちゆき　二五〇〇円

巻上公一　至高の妄想　二七〇〇円

松浦寿輝　秘苑にて　二八〇〇円

松本邦吉　灰と緑　二四〇〇円

岬多可子　あかるい水になるように　二五〇〇円

峰岸了子　水底の　窓に灯りがともり　三〇〇〇円

村岡由梨　眠れる花　二七〇〇円

杜みち子　ばらっぱ　二六〇〇円

八木忠栄　こがらしの胴　二六〇〇円

八木幹夫　めにはさやかに　二六〇〇円

山崎佳代子　みをはやみ　二六〇〇円

山本楡美子　森へ行く道　二六〇〇円

吉増剛造　裸のメモ　二八〇〇円

李禹煥　立ちどまって　二八〇〇円

●りぶるどるしおる

吉岡実うまやはし日記一九四二円

ベケット・宇野邦一伴侶一〇〇〇円

サントス・岡本澄子私はエマ・Sを殺した一七四八円

アルプ・高橋順子航海日誌一七四八円

ベケット・宇野邦一見ちがい言いちがい二〇〇〇円

芒克・是永駿時間のない時間一七四八円

ロッセッリ・和田忠彦闘いの変奏曲一七四八円

宇野邦一日付のない断片から一七四八円

前田英樹小津安二郎の家二〇〇〇円

バタイユ・吉田裕聖女たち二〇〇〇円

デュラス・小沼純一廊下で座っているおとこ二〇〇〇円

ボーショー・宮原庸太郎オイディプスの旅二九一三円

北島・是永駿波動二四二八円

前田英樹言語の闇をぬけて二九一三円

ジャベス・鈴村和成小冊子を腕に抱く異邦人三〇〇〇円

サントス・岡本澄子去勢されない女二四二八円

池澤夏樹星界からの報告二〇〇〇円

アイギ・たなかあきみつアイギ詩集二四二八円

バタイユ・吉田裕ニーチェの誘惑二四二八円

江代充黒球二〇〇〇円

ソクーロフ・児島宏子チェーホフが蘇える二〇〇〇円

シンボルスカ・工藤幸雄橋の上の人たち二〇〇〇円

中村鐵太郎詩について二五〇〇円

ベケット・高橋康也・宇野邦一また終わるために二〇〇〇円

石井辰彦現代詩としての短歌二五〇〇円

吉増剛造ブラジル日記二五〇〇円

デュラス・佐藤和生船舶ナイト号二〇〇〇円

ベケット・長島確いざ最悪の方へ二〇〇〇円

宇野邦一他者論序説二五〇〇円

バタイユ・吉田裕異質学の試み三〇〇〇円

バタイユ・吉田裕物質の政治学二五〇〇円

戈麦・是永駿戈麦（ゴーマイ）詩集二五〇〇円

関口涼子二つの市場、ふたたび二〇〇〇円

ボーショー・宮原庸太郎アンチゴネ三〇〇〇円

岡井隆E／T二〇〇〇円

前田英樹・若林奮対論◆彫刻空間二五〇〇円

中村鐵太郎西脇順三郎、永遠に舌を濡らして二五〇〇円

ジダーノフ・たなかあきみつ太陽の場所二五〇〇円

パス・野谷文昭鷲か太陽か？二五〇〇円

佐々木幹郎パステルナークの白い家二五〇〇円

松枝到奪われぬ声に耳傾けて二八〇〇円

入沢康夫詩の逆説三五〇〇円

岡井隆伊太利亜二八〇〇円

平出隆**多方通行路**二五〇〇円
石井辰彦**全人類が老いた夜**二五〇〇円
若林奮**I.W**——若林奮ノート 三〇〇〇円
矢野静明**絵画以前の問いから**二五〇〇円
メカス・村田郁夫**どこにもないところからの手紙**
コーノノフ・たなかあきみつ**さんざめき**二五〇〇円
高橋睦郎**歌枕合**二五〇〇円
吉増剛造・関口涼子**機**——ともに震える言葉二五〇〇円
ダルウィーシュ・四方田犬彦**壁に描く**二五〇〇円
デュラス・亀井薫**ガンジスの女**二〇〇〇円
ファーブル・宇野邦一**わたしは血**一八〇〇円
藤井貞和**詩的分析**三〇〇〇円
高貝弘也**白秋**二五〇〇円
ペルス・有田忠郎**鳥**二〇〇〇円
岡井隆**ネフスキイ**三五〇〇円
前田英樹**深さ、記号**三八〇〇円
ファーブル・宇野邦一**変身のためのレクイエム**二五〇〇円
吉増剛造**静かな場所**二五〇〇円
高橋睦郎**百枕**二七〇〇円
入沢康夫**ナーサルパナマの謎**二八〇〇円
笠井叡**カラダという書物**二八〇〇円
ラポルト・神尾太介**死ぬことで**二五〇〇円
鈴木志郎康**結局、極私的ラディカリズムなんだ**二八〇〇円
岩成達也**誤読の飛沫**二八〇〇円
季村敏夫**日々の、すみか**二五〇〇円
山崎佳代子**ベオグラード日誌**二六〇〇円
バタイユ・吉田裕**『死者』とその周辺**二八〇〇円
笠井叡**カラダと生命**三二〇〇円
石井辰彦**逸げて來る羔羊**二八〇〇円
矢野静明**日本モダニズムの未帰還状態**二八〇〇円
池澤夏樹**ギリシャの誘惑**増補新版二五〇〇円
吉田裕**詩的行為論**二八〇〇円
高橋睦郎**季語練習帖**三〇〇〇円
石井辰彦**あけぼの杉の竝木を過ぎて**二八〇〇円

●

池澤夏樹詩集成二八〇〇円
伊藤聚詩集成七五〇〇円
岩田宏詩集成四五〇〇円
白石かずこ詩集成I五五〇〇円／II・III各六〇〇〇円
鈴木志郎康**攻勢の姿勢**1958-1971 四八〇〇円
高橋順子詩集成三五〇〇円
高柳誠詩集成I・II各三八〇〇円／III四二〇〇円
辻征夫詩集成新版四八〇〇円

●打田峨者ん句集**骨時間**二四〇〇円

是永舜句集**間氷期**二六〇〇円

清水哲男句集**打つや太鼓**一八〇〇円

辻征夫句集**貨物船句集**一五〇〇円

馬場駿吉句集**耳海岸**三〇〇〇円

四ッ谷龍句集**夢想の大地におがたまの花が降る**二四〇〇円

吉岡実句集**奴草**二八〇〇円

秋元幸人**吉岡実アラベスク**三八〇〇円

私のうしろを犬が歩いていた—追悼・吉岡実三〇〇〇円

飯島耕一**俳句の国徘徊記**二〇〇〇円

市川政憲**近さと隔たり／存在する、美術**四〇〇〇円

入沢康夫**「ヒドリ」か、「ヒデリ」か**一九〇〇円

宇野邦一**物語と非知**二七一九円

岡井隆**『赤光』の生誕**三八〇〇円

岡井隆**鷗外・茂吉・杢太郎**四八〇〇円

岡井隆**森鷗外の『うた日記』**三二〇〇円

加納光於・瀧口修造**《稲妻捕り》Elements** 一二〇〇〇円

季村敏夫**災厄と身体**一八〇〇円

清水哲男**蒐集週々集**二三三一円

白石かずこ**詩の風景・詩人の肖像**三五〇〇円

高橋順子**恋の万葉・東歌**一五〇〇円

財部鳥子**猫柳祭**一八〇〇円

辻征夫**ゴーシュの肖像**二八〇〇円

辻征夫**ボートを漕ぐもう一人の婦人の肖像**一八〇〇円

辻征夫**ロビンソン、この詩はなに?**一六〇〇円

那珂太郎・入沢康夫**重奏形式による詩の試み**二五〇〇円

野村喜和夫**移動と律動と眩暈と**二五〇〇円

馬場駿吉**加納光於とともに**二〇〇〇円

馬場駿吉**意味の彼方へ**—荒川修作に寄り添って二〇〇〇円

林浩平**裸形の言ノ葉**二〇〇〇円

藤井貞和**言葉の起源**二四〇〇円

古井由吉**詩への小路**二八〇〇円

宗近真一郎**詩は戦っている。誰もそれを知らない。**三〇〇〇円

水田宗子**白石かずこの世界**二八〇〇円

森内俊雄**空にはメトロノーム**二八〇〇円

八木忠栄**詩人漂流ノート**二〇〇〇円

吉田裕**時計の振子、風倉匠**二五〇〇円

吉田裕**バタイユの迷宮**三二〇〇円

吉増剛造**静かなアメリカ**三八〇〇円

四谷シモン**NARCISSISME** 三八〇〇円

和田忠彦**遠まわりして聴く**二六〇〇円

郵　便　は　が　き

〒171-0022
東京都豊島区南池袋2-8-5-301

書　肆　山　田　行

常々小社刊行書籍を御購読御注文いただき有難う存じます。御面倒でも下記に御記入の上、御投函下さい。御連絡等使わせていただきます。

書名

御感想・御希望

御名前

御住所

御職業・御年齢

御買上書店名

じっとこちらを見つめている目　それがおまえだ
朝　庭に面した雨戸をあけると
窓からの光が額縁にさし
私はおまえと目を合わせる
その拍子に思わず自分の頬がゆるむのを
ひとごとのように私は感じる
——おはよう

＊

ウィルス感染のひろまる中での
子供や孫など十人ばかりの
ほんのささやかな葬儀だった
祭壇を設けず　読経も説法もなく

ただ　柩を花で囲んで
会葬者が焼香するだけの
だがそれだからこそいっそう親密な儀式だった

恵以子　恵以子や
聞こえるかい　僕だよ
六十二年間も一緒に暮らしたんだ
長いことご苦労だったね
ずいぶん喧嘩もしたし
困らされたこともあったが
いまとなればすべて過ぎ去ったこと
可哀想に　もっともっとたくさん
愉しい思いをさせてやりたかったが

＊

手の震えから始まって、やがて体中の筋肉が動かなくなる病気が進み、彼女は最後の二年間、介護施設に身を寄せた。私は週に二回、欠かさず見舞いに訪れた。感染症の侵入を怖れて面会を厳しく制限するようになった施設側も、最期が迫っていると察してか、私たちには寛大だった。だが面会は一回に十五分しか許されなかった。

――親切にしてもらっているかい、嫌な思いをさせられていないかい、と、そのたびごとに私は尋ねた。いまの医学では救えないのがわかっていても、姥捨山に捨てられた、という気持ちにだけはさせたくなかった。

流動食も飲み込めないまま、点滴による延命治療を自分の意志でしりぞけていた彼女は、やがて寝返りも打てず、視線を移すことすらできなくなり、もう疲れた、とひとこと呟いて、眠りの中へ落ちて行った。

お墓なんかなくてもいいね、と、まだ元気だったころに話したものだ。つまらない石材を拝んでもらっても仕方がない。先に死んだほうの遺骨を自宅に置き、もう一方も死んだら二人の骨を一つに混ぜて、どこかへ撒いてもらおう。無に帰した、と思ってくれてもいいし、全地球が二人の墓だと考えてくれてもいい。子供たちは遺影でも部屋に飾って、ときどき思い出してくれればそれでいいじゃないか、と私は言い、それでいいわと彼女も言った。

ところが葬儀社の意見では、それは法的にできないという。撒骨を含む埋葬許可は、死者一人ごとについて出されるので、二人の遺骨を一つに混ぜてしまうわけには行かない、と。

困っていると葬儀社は、でも、それぞれの遺骨を同時に撒くこ

となならできます、と教えてくれた。なるほど、そんな手があった
のか。

＊

――あたし　ちょこちょこ　ちょこちょこ
どこへでもついてったわね
自分でも面白がる口調で彼女は語ったことがある
知り合って間もないころから
たしかに彼女は私の行く先々へ同道したがった
自分で見つけて来たものがあると
それを私にも見せたがった

そうやって私と分かち合える何かを求めていたのだ
(それが何であるかを恐らくは自分でも知らずに)
子供たちを育て終えた後半生を
彼女は私の旅のほとんどに同行した
訪れた街やそこで出逢った人々を
いまさら数え立てても始まらない
灯りをともせばここは小さな寝室でしかないが
消して目をつむればどこまでも闇がひろがる
それにしても　マルセイユで二人して食べた
ブイヤベースはうまかったな

旅の多くは取材や交流など
私の仕事がらみだったが

旭川への旅では小熊秀雄夫妻の事跡を彼女が調べ
私がその調査を手伝った
あの街の店で一盃の毛蟹を
二人で半分ずつ食べたのもうまかった
おまえがあんなに蟹好きだとは知らなかったよ

パリで私が一年間の研究滞在をしたときは
彼女も同じアパートで一緒に暮らした
ウィーンで手に入れた小さなイコンを
帰国後の食器戸棚へ大切に飾っていた
それほど高価な品ではなかったが
金箔の塗りのよいものを選んだのが自慢だった

バグダードで隊商宿の遺構に感心したり
ニューヨークではテレサ・ストラタスの歌うリューを聴いたな

歩けなくなり始めたころ　広島へつれて行った
これが最後の旅になりそうだった
そこでの私の仕事の合間に　二人で原爆資料館をたずね
牡蠣料理を食べに行き　翌朝には船で厳島神社を訪れた
車椅子に乗せて朱塗りの社殿を押して歩くと
――夢のようね　ここは

*

大学を出てすぐの三年間

彼女は地元の中学で英語教師をつとめた
短い期間だったが　教え子たちを可愛がっていた
二人目の子供ができて退職したのだが
もっと長く続けさせてやればよかったかな

学生時代のピアノや英会話
齢をとってからの油絵や歌曲など
いつも習い事を絶やさなかった
本も二冊書いたし
ずいぶん仕事をしたじゃないか
もう何も思い残すことがないといいが

*

おまえの遺して行った庭に
いま　ひとむらのマツリカが咲いている
紫から白への濃い香りがおまえにも届くだろうな
（わが心このとき裂けつ　か）
アジサイももうじき咲くだろう
頭上で木の葉が揺れている

――別に根拠があるわけじゃないけれど
と　あるときおまえは私に言った
何だか　あなたが先に行って
あたしがあとへ残されそうな気がするの
きっとそうなるよ　と私も言った

一度は未亡人てものにもなってみたいだろうし
女は男より寿命が長いというからな
だが　その通りにはならなかった

——おれより先に死ねて
いっそおまえは仕合せだったのかも知れないよ
かりにもおれがいなくなって
体の利かないおまえがひとり残ったらどうなるか
考えるだけでも気が滅入る

思うように歩けなくなった惠以子のために
家中に手すりを取りつけた

寝室に居間　廊下と階段　手洗い
洗面所や風呂場　玄関に勝手口
恵以子がいなくなって手すりだけが残った
いまは足腰の衰えた私が
もっぱらそれに頼って暮らしている

＊

いまになって思うのだが　私への彼女の思いは
私のそれよりもたぶん一本気で
その分だけ強く烈しかったのではあるまいか
何か一方的な思い込みが働いていたのかも知れないが
あえて言えば愛憎とはすべて一方的なもの
それだからこそかえって人を動かすのだろう

満足してくれていたか　それとも
どこかが物足りなかったか
いまではもうどうするすべもないのだが
やはりひたすら思ってくれているのか
あるいはもう　すべてを忘れてしまったか

何をどうしたらいいか　わからない
あれもこれも片付かない
今日はもう寝よう　惠以子おやすみ

＊

いまでもときどき彼女は私の夢の中に出て来る。どうしてか、そういうとき、決まって二人は電車に乗っている。夜で、窓の外は暗く、灯りも見えず、どこを走っているのかわからない。ただこの次の駅で降りるつもりで、すぐにも席を立とうとしている。なぜだかそんな夢ばかり見る。

*

――六十二年も連れ添って齢をとると
何だか夫婦というより　生まれる前からずっと一緒の
双生児(ふたご)だったような気がするね
おれに残った日々も長くはあるまいが
何もかもこれで終るんだ

おまえが書いたあの本は　いまも手元にあるけれど
人からはもう忘れられたと思っていた
ところが　このごろになって
それを求めて読んでくれる人があるのを知った
きっとおまえも嬉しいだろうな

若かったころのおまえの　柔らかい細い体が
ときおり浮かんで来たりする
（そして　産んだ息子二人を育てた乳房も）
気のせいか　どこかでおまえの声がする
――あたしはずっとここにいるわよ

悲しみの枝

踊る二人

二人は踊った
いつまでも踊った
音楽の続く限り
いや　音楽が尽きてからも
虚空に刻まれるリズムに沿って
いつまでも体を揺らせていた
ともっていた明かりが消え
たった一つの常夜灯だけが残る暗い部屋で

二人は黙ったまま踊り続けた

幸福でもなければ不幸でもなかった
ただ　ひたすら踊り続けるだけが
なすべきことだと感じていた
かすかに腰を振りながら
二人は柔らかい波に身をゆだねた

二人は踊っていた
いつまでも踊り続けた
そうやって流れて行く悲しみの時間が
際限もなく続くかと思われた

二人は踊っていた
いつまでも　いつまでも踊っていた

十字架

君自身の十字架を背負って　私と一緒に来ないか
そう誘ってくれた人もまた
血の汗にまみれ
材木の重みの下でよろめきながら
刑場の丘を登って行った

エリ　エリ　レマ　サバクタニ

（神よ　神よ　どうして私を見捨てたのか）
復活を予見された神の子らしからぬ
救いのない　血を吐くような叫びだった
世を救うための死は　ただの通過点ではなかったのだ

神の子は絶望して死んだ
そうとも　死ななければならなかった
それがどんなに酷いさだめだったかは
その人にもはっきりとわかっていた
だからその人は私を誘ったのに違いない

ならばそれに耐えるほかないではないか

神の子でない私に　よみがえりは来ないだろう
永久に来ないだろう　それはそれで仕方がない
私はこの世を忘れて姿を消し
私の十字架はどこかそのあたりの草むらで朽ち果てる

悲しみの枝

枯れたと見えた枝先に
いままた次の芽が宿っている
こうして悲しみが枝から枝へと受け継がれ
もっと大きなめぐりの中へ吸い込まれて行く

老いた者たちをそっとしておいてやってくれ
心ゆくまで悔いることができるように

そう歌ったのはたしか中也だったか
いまさら悔いるあてもない身だが
老いた者のひとりとして言うなら
やはりそっとしておいてもらえるとありがたい

茶色く散った葉が地を覆い
風に動かされて　少しずつ　たたずまいを変えて行く
葉を失った枝は悲しい
次に宿る芽はもっと悲しい
我慢できる限りは我慢するとしても
いつかは呻き声を洩らす日が来るに違いない

それまではどうにかして耐えて行きたい
空しく本を読み　眠れぬ夜をやり過ごしたい
いままで気にもとめなかった時の刻みが
このごろ妙に耳につくが　それでいい
もはやほかの挨拶などどこからも来ないのだから

虚空の声

死んだ妻が
夢の中から
不機嫌な声で
悲しいわ　と呟いている

何か苦情を言いたいらしいが
何が不満なのかわからないので

なだめようがない
声だけが虚空を伝わって来る

そんなことを言わず我慢してくれないか
もう長いことでもあるまいから
そう言いかけて口籠ったが
妻の耳には届いたかどうか

悲しみを訴える妻の声が
暫くは虚空に漂い
やがて私の中の悲しみとなって
澱のように沈み込む

未刊詩拾遺

落葉

落ちた葉を掃き集めるのは
なるべくそれを部厚く盛って
その上に坐りこむためだ
これで　大地の冷たさが尻にしみるのも
いくらかは凌げるだろう
昔ならこんな枯葉はみんな燃やして
風に背を向けたまま暖をとったり
芋を焼いたりしたものだが

いまはもう　街なかで火を焚くにも許しが要るし
かじかむ指をこすり合わせるすべもない
これが本当におれの午後
歌うべき至福の時だったのか
それとも　なつかしい擦り切れた音楽が
しきりと思い出されるだけのことなのか
日脚が早くも傾いて
何かこう　遠くへ遠くへと逃げて行く
すべてがだんだん遠くなる
帰りゃんせ　帰りゃんせ　と幼い声が唱える
それもそうだっけな
そうやって誰も彼もがどこかへ行ってしまうんだ
冷えきった地面に部厚く盛り上げた
落葉の中にいるおれを残して

遅い昼食

車の行き交う街道から少し入って
日蔭につらなる生け垣のあたり
そこに私たちの今日の昼食の場がある

磨かれた板の間に小さな膳が並び
まずは運ばれた茶をゆっくりと啜りながら
私たちは待つ　束の間の口のすさびを

箸を割り　杉の香を嗅ぎ　小径に目をやり
ふとまつわって来る虫を追い　盃を伏せ
言っても言わなくてもいい言葉を交わす

言葉など何ほどのものでもないね　小皿の上の
ささやかな突き出しほどの値打ちもない
蕨か　ぜんまいか　それとも菜の花か

軒端に静かな時が移り　虫が舞い
陽の射す廊下に誰の足音もなく

かすかな眠気だけが瞼を重くする

私たちは待つ　まもなく運ばれる
遅いからこそ手を合わせたくなるだろう昼食を
椀の蓋をとれば湯気　その向うにはさて何が見えるか

不機嫌な目覚め

一晩中したたっていたしずくの記憶
窓の外にただしらじらと立ち上がる光
濡れたまま垂れている何本もの指
とうとう眠れないまま暖まらなかった寝床
かろうじて浮かび漂う枕
不機嫌な夢
不機嫌な木の葉
いつまでも枯死しない黴

頃合を見計らって坐り込む膝
そんなものばかりがおれの周囲にあって
すべてが朽ちるまでにはまだ相当の時間がある

このままじっと待っているほかはあるまい
これ以上叫ぶことなどしたくない
怒りたくない
怒ってもろくなことにはならないよ
わかっている
背中の痒みのようにわかっている
あれはいつやって来ていつ立ち去るのか
手を伸ばせばこわばったシーツの冷たさ
大きな重みに挾まれて動けない

持ち上げることさえできない自分の肘
いつもこうして少しずつ夜があける

おれはうつ伏せだったかそれとも仰向けだったか
頸が凝り二の腕が凝り脇腹が痛む
別に凄惨な夢など見たわけでもないが
それでも体のどこかが竦んでいるようだ
広大な庭園のゆるい傾斜を
ゆらゆらと降りて行く青い雨傘
セージが咲きサルビアが咲き
何も匂わない
鳥も啼かない
向うに海が覗き遠く島が覗き

そんな景色のもたらす何というとりとめのなさ
とにかくうずくまってやり過ごそうか
この部屋のもろい寒さの時間
伸ばした手にまさぐるタオル
それがおれをどうにか起き上がらせて
窓の外の雨を承認させ
空しいとわかっている一日をあらかじめ耐え忍ばせるまで

時の刻み

どこか遠いところから届いてくる
時の刻み　そのおだやかな
しかし押しとどめられない歩み
汁の中で煮崩れる肉片のようにとろけて
とりとめもつかぬ　物の形の数々よ
私はここにいる　だがここはどこだ
ここへ来てなお　誰もいない野の夢を見るやましさ
だが　それとともに

誰からも呼び立てられないことのやすらかさ
私に残るのはこの　ほんの小さな景色だけらしい

旅をここに終えるべく伏せる者に
時の刻み　その執拗な
遠ざかるでもなく　近づくでもなく
ひたすら私を宙吊りにするリズム
このまま沈んで行ってもいいし
起き上がる必要などはない筈なのに
朝食後に十一種十二粒　昼食後に二粒
そして夕食後には六粒
これらの薬を飲み込むことで私はなおも生きてはいるが
しかもその薬の紙袋までどうしても手が届かない

ここがどこかを知らぬまま　私はまだここにいて
記憶をまさぐることはできる
どんなことでも思い出すことだけはできる
帰りたい　早く帰りたい
私の本当に眠るべき場所に帰りたい
時の刻み　その単調な
どこへ到達するあてもない進行のまま
薄闇の中で眠れずにいても
だからと言って覚めているとも言えないな
記憶はすべて私の中に宿るだけだから

眠れない　だが眠らなくても夢は私を訪れる
一つしかない窓は締切られ
遠い昔の日々だけが　黴の匂いのように立ち籠める
愚かなことさ　何という無益な月日を重ねたものか
哺乳類の　霊長類の　人類の
モンゴロイドのそのまた枝葉の
これが求愛の　または葬送の
音楽だとでも言うつもりかい
時の刻み　その果てしない
連なりがいま暫くは続くのだが

泣きやまぬ子のためのアリア

遠く　時を超えたところから届いてくる
なつかしい戸口のような声を　ここで待つ

待ち人来らず　だがきっと来る　わかっている
間違いなしにここへ　私の窓を訪れる
それが来れば　皺くちゃの紙袋だけをあとへ残し
立ち去って二度と帰らぬこともできるのだが

夜は鈍く　昼は乏しく　水は濁り
光と闇の無意味な交代にはもううんざりだ
ただ一行の甘い言葉があればそれで充分
それを合図に　私は眠りの底へくだって行く

世を統べる者らよ　勝ち誇る藪の中の蛇どもよ
君らにも　だが　つかまらないモグラはいるぞ
私がここにこうしている　そのことだけで
君らの万能でないことの証拠となる筈

だが安んぜよ　私はここで立ち去るべき時を待つ
あのなつかしい声がひとたび届けば
海が割れて道が開くか　それとももっと大きな闇か
どんな洪水が寄せるかを　私は知らない

空に唸る風よ　まだ暫くは吹き続けてくれ
遠くから届くなつかしい声を　ここで私は待つ

群衆の人

傘もさせないほどの人ごみを
やむなく雨に濡れて歩く
電光看板がつらなり　呼び声がひびき
どこまで行けばいい　このせわしない街
踏んで行く地面が濡れていようが
窪みに水が溜まっていようが
それを確かめることもできないままに
すぐ前の背中だけを見つめて歩く

とにかく雨は嫌いだ　それなのに
こんなところへなぜ出てきたのか
人の流れに身を任せ　というよりも
うっかり押されて転べば踏みつぶされる
その恐さから　必死で流れに歩調を合わせる
そう　群衆に混じるにも苦労はあるのだ

煙草をつけたい　だがこの人出では無理だろう
やっと銜えた煙草も雨に濡れるだけだろう
そう考える間も周囲には人がつめかけ
これだから雑踏は嫌なんだ
出てくるんじゃなかった
部屋で寝ていた方がましだった

寒い　胃をあたためるスープがほしい
せめてカップ一杯のスープ
だが　そんなものがこの路上のどこにある
やけに肩幅のひろいコートばかりが
溢れた川のように流れて
両側に並ぶ店までどうしても手が届かない

こいつらは皆　押し黙ったままどこへ行くのか
流れの先がたとえば滝に落ちるのか
それとも　ぞろぞろと水に飛び込む豚か羊か
どうとでもするがいい　昔からずっと
こうしてきたのさ　性懲りもなく
ひたすら屠処に曳かれるだけが群衆の役割

ここで降りろと言われればよろよろと貨車から降りて
少しでも元気なやつからつまみ出されて消えて行く
残るのは老人　子ども　しゃがみこんで立てない女
それでもおれは残るぜ　たとえ仮病を使っても
残るんだ　こんなやつらと一緒に死にたくない
何が連帯感だ　聞いてあきれる
そしてやっぱり雨が降る
にせの群衆の上に降りしきる
雨

いつかきっと

いつかきっと私たちは　薄曇りの午後
テラスに椅子を出して二人で坐り
この小さな庭を見まわすだろう
鳥が啼き　風が通り過ぎ
あらゆる花が一度に咲くだろう
春先の沈丁花から真夏の百合まで
あらゆる香りがそれぞれに漂うだろう
なぜと言って　花の咲くのは

私たちの思いの中でのことだからだ
この世のどんな花束にもない一つの花！

おたがい何も言わなくても
相手が何に目をやり　何を思い浮かべているかが
手にとるようにわかるだろう
かつて私たちに未知だったものは　いま
どれもそっくり記憶の中のものでしかなくなった
それはそれで仕方がない
あとはきっと誰かがもう一度水を撒き
伸び過ぎた枝をつまんでくれるだろう
どこかで小さなものたちの笑い声がする
それもまた記憶の中の声なのかも知れないが

地上の楽園はとうに消え失せ
あるのはただの風景ばかり
そんなことに気づくだけでも長くかかった
草むらの蔭や地の底で
ゆっくりと腐敗するもの　発酵するもの
あるいは　いつとも知れぬ蘇生を準備するもの
もう半世紀もここに過して
まだ何のきざしも現れないのが
ほんのわずかな慰めだと言えば言えるが
――それにしても日々の歩みののろいこと

いつかきっと私たちは　午前のまぶしさに目を細め
二人でバルコニーに出て行って
海のおもてを見晴らすだろう
水平線に翳る島の輪郭が
金粉の散る波間に埋もれるだろう
マルセイユ旧港の沖にひろがっていた　あの地中海の青！
それが予感なのか思い出なのか
そんなことはもうどっちでもいい　と
私たちは呟くだろう　ゆるやかに
ゆるやかに　時がいま静止しようとするのを感じながら

消える音楽

捉える間もなく遠くへ消えようとする
私の詩よ
そうやって一瞬のあたたかみを
私のてのひらに残しただけで
おまえはもうどこにもいなくなる
ぶるぶると震える小さな船の中で
私は窓の外に流れる泡を見つめるばかりだ
桟橋を離れ　向きを変え

ゆっくりと河をくだり
やがて海へ出て速度をあげ
船は遠からぬ目的地へと進むわけだが
そこに何があるのかを私は知らない

これが私の今だ
いくつもの詩を泡と流し続けて
ついには病みほうけて何も持たず
無一文で凍えているだけの
犬か猫のように寂しい生き物だ
飛沫が窓に打ちかかり
エンジンの震えが膝に伝わる
こうして黙って運ばれて行けば

それでいい　それだけでいい
目的地など最初からなかったのさ
私の詩よ
おまえは二度と戻っては来ないだろう

どこかへ渡航するわけだ　船に乗るからには
どこかへ流れ着くわけだ　桟橋を離れた以上は
だがそれはもうおまえとは関係がない
私の詩よ
おまえはどこへでも行くがいい
寂しい脳みそからおまえを生んで
そしてすぐに棄てた私のことなど
どこかへ忘れてしまうがいい

おまえの歌はもう私のものではない
私の詩よ
おまえがひとときどんなに美しかったか
それは私だけがたしかに見届けたから

初出一覧――

恵以子抄――「現代詩手帖」二〇二一年七月号
踊る二人――「みらいらん」二〇二一年七月号
十字架――「みらいらん」二〇二一年七月号
悲しみの枝――「現代詩手帖」二〇二二年一月号
虚空の声――(書き下ろし)
落葉――「現代詩手帖」二〇〇四年一月号
遅い昼食――「現代詩手帖」二〇〇五年一月号
不機嫌な目覚め――「ユリイカ」二〇〇五年一月号
時の刻み――「現代詩手帖」二〇〇六年九月号

泣きやまぬ子のためのアリア——「文学界」二〇〇七年一月号
群衆の人——「現代詩手帖」二〇〇七年一月号
いつかきっと——「現代詩手帖」二〇〇七年十一月号
消える音楽——「現代詩手帖」二〇〇八年一月号

安藤元雄（あんどうもとお）――

一九三四年生れ。

詩集に
『安藤元雄詩集集成』（二〇一九年・水声社）
『樹下』（二〇一五年・書肆山田）
『わがノルマンディー』（二〇〇三年・思潮社）
『めぐりの歌』（一九九九年・思潮社）
『カドミウム・グリーン』（一九九二年・思潮社）
『夜の音』（一九八八年・書肆山田）
『この街のほろびるとき』（一九八六年・小澤書店）

『水の中の歳月』（一九八〇年・思潮社）
『船と　その歌』（一九七二年・思潮社）
『秋の鎮魂』（一九五七年・位置社）

書肆山田の大泉史世さんが、文字通り最後の力を
ふりしぼってこの本を編んで下さった。
尽きない感謝をこめてご冥福を祈りたい。　著者

惠以子抄＊著者安藤元雄＊発行二〇二二年八月十二日初版第一刷＊装幀亜令＋中島浩＊発行者鈴木一民発行所書肆山田東京都豊島区南池袋二―八―五―三〇一電話〇三―三九八八―七四六七＊印刷ターゲット石塚印刷製本日進堂製本＊ＩＳＢＮ九七八―四―八六七二五―〇二六―六